« Et si tu n'existais pas, dis-moi pourquoi j'existerais... »
– N'est-ce pas, Sophie et Amélie ? Merci d'être là !

Pour Éléa (« Les menteurs, on les mange à la Chandeleur ! »).
Merci d'être toi, si inspirante.

Pour MamiMa et Nonna, deux grands-mères WOAW !

Pour Lucienne et Marcel, et pour Colette et Michel,
qui ont montré la voie.

E. B.

À tous les amoureux !

A. L.

Direction de la publication : Sophie Chanourdie
Création graphique : Mélissa Chalot
Fabrication : Rebecca Dubois

21, rue du Montparnasse, 75006 Paris
ISBN : 978-2-03-607851-2
Imprimé en France par Pollina - 500038
Dépôt légal : février 2025. 338000-01 / 11056982 – décembre 2024
Conforme à la loi n°49-956 du 16 juillet 1949
sur les publications destinées à la jeunesse.

Emmanuel Bergounioux

Amélie Laffaiteur

Salut les amoureux

Larousse Jeunesse

Marcel a huit ans, du caractère, et une crinière de lion, lui dit-on souvent.
Ce à quoi, rigolard, il aime répondre : « GROAR ! »
Mais depuis une semaine, Marcel ne rugit plus. Non.
Depuis une semaine, Marcel n'est plus le même.

« T'es bizarre en ce moment… », lui répète sa sœur, Lina.

« Qu'est-ce qui ne va pas, mon poussin ? », s'inquiète papa.

Marcel mâchouille le bout de son stylo comme un panda son bambou. Pour ne pas perdre la boule et y voir plus clair, il décide de faire une liste de tout ce qui le tourneboule.

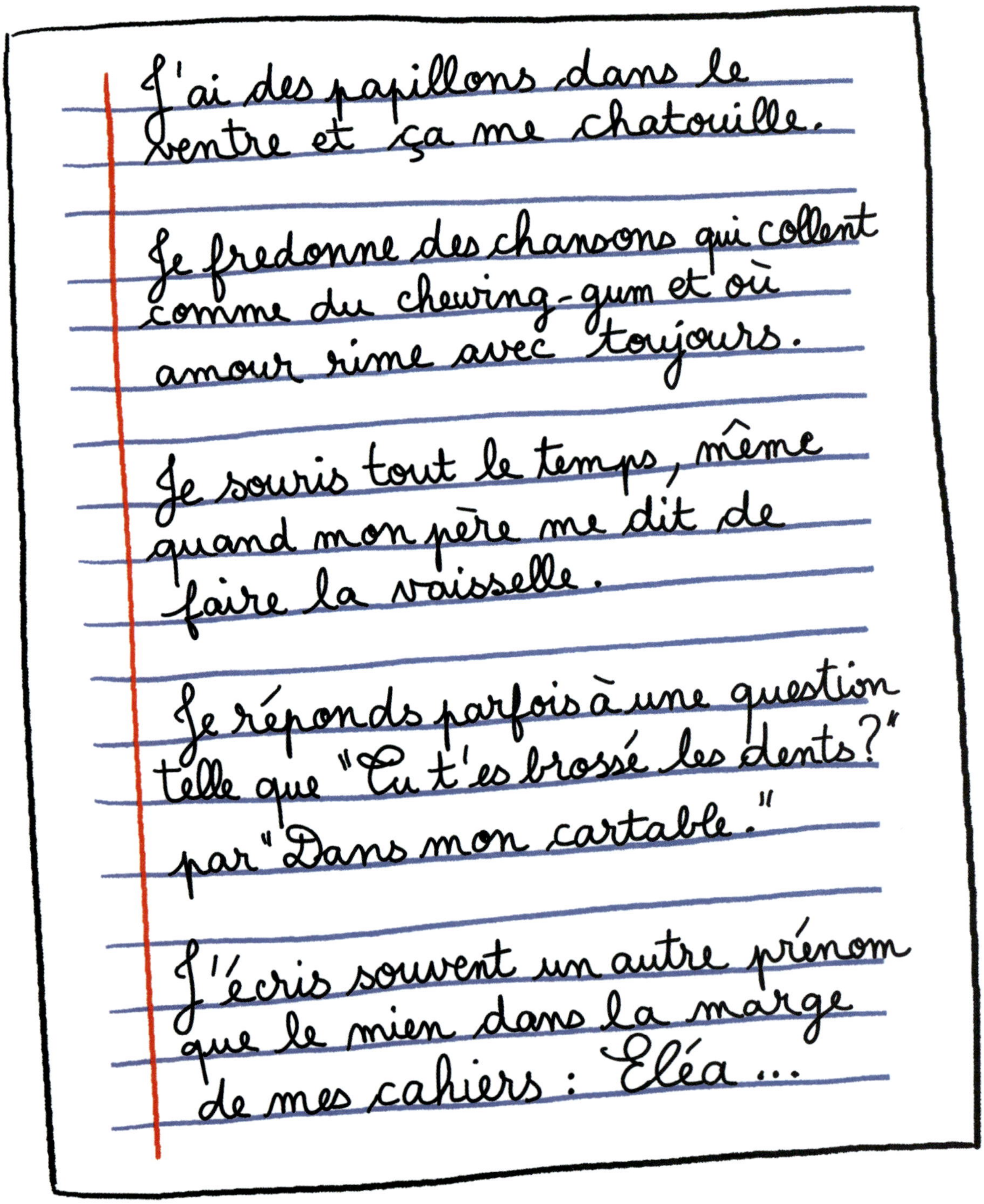

Ainsi, lorsque Marcel dégringole de sa chaise tandis qu'il pense à elle, il doit se rendre à l'évidence : voilà, il est tombé amoureux d'Éléa !

Le hic, c'est qu'en sa présence, Marcel est comme bloqué
et ne sait plus dire QUE « Éléa », et RIEN d'autre,
tel un hoquet qui ne passe pas.

Pourtant, avec les autres, ça va !
À l'école, Marcel n'est jamais avare de bons mots.
Comme à propos du directeur, M. Bontemps,
qu'il appelle M. Météo, car selon lui, il fait la pluie
et le beau temps ! Ou encore avec sa meilleure amie,
Élisabeth, avec qui il aime chanter des chansons
à tue-tête en changeant les paroles…

Jusqu'à maintenant, Marcel et Éléa s'étaient toujours bien entendus, et jouaient même souvent ensemble. Mais depuis que son cœur fait **« SHEBAM ! POW ! BLOP ! WIZZ ! »**, Marcel n'arrive plus à mettre un pied devant l'autre. À tel point qu'Éléa se demande s'il ne se moque pas un peu d'elle. Encore ce matin dans le couloir, en croisant son regard, Marcel s'est figé. Il a dit son prénom, puis une expression idiote a déformé son visage. Incapable d'aligner deux mots, il ressemblait à une tête de veau !

Heureusement, Marcel s'est rattrapé à la gymnastique au moment de choisir les équipes. Car il n'avait plus alors qu'à dire son prénom, c'était pratique ! Mais à la récré, rebelote : Marcel s'est planté devant elle et, **OUCH !** seul son prénom est sorti de sa bouche…

Marcel est turlupiné. D’ailleurs, à la cantine, il rêvasse tant et si bien qu’il n’avale rien.
« Nom d’une pipe en bois ! », comme le crie parfois Mamie Lamieux,
qu’est-ce qu’on dit alors quand on est amoureux ?

Bon appétit

Mais bien sûr ! Mamie Lamieux !
Elle et papi sont mariés depuis soixante ans ;
ils doivent connaître le langage des amoureux !
Le mieux est donc de leur demander.

Après le goûter, Marcel se lance :

« Papi, tu l'as dit comment à mamie que tu étais amoureux d'elle ? »

Papi, surpris et amusé : « Oh là ! C'est loin, tout ça ! »

Mamie, souriante : « C'est drôle que tu dises ça, car moi,
je me souviens très bien de tes allumettes !
Combien de fois tu as pu m'en parler avant de déclarer ta flamme ! »

Marcel : « Tu faisais déjà des maquettes avec des allumettes, papi ? »

Papi : « Oui. Et c'est important de parler de ce que l'on aime et d'apprendre à se connaître avant de dire à l'autre qu'on est amoureux… »

Mamie : « Ne pas attendre la Saint-Glinglin, ça peut être bien aussi ! »

Papi : « N'empêche, Colette, soixante ans après, les allumettes sont toujours là, et toi aussi ! »

Mamie : « À ce propos, Michel, tu attends la Saint-Glinglin pour nettoyer les rideaux ? Ça fait des mois que je t'ai demandé de t'en occuper. Tu sais que les rideaux, c'est comme le caca des yeux, ça se nettoie ! »

Papi et mamie échangent un sourire complice et malicieux. Marcel, lui, n'est pas bien sûr d'être beaucoup plus avancé sur le langage des amoureux…

Néanmoins, Marcel n'a pas dit son dernier mot. Quelques jours plus tard, au parc, il décide d'espionner des amoureux. Là, c'est certain, il va trouver les mots pour enfin crier son amour ! Malheureusement pour lui, il ne trouve que des amoureux assez peu bavards qui passent tout leur temps à s'embrasser – parfois en écoutant des chansons bizarres qui au hasard des paroles font : « Et tu tapes, tapes, tapes, c'est ta façon d'aimer ! »

Soudain, en observant les arbres
et les volatiles qui font cui-cui, Marcel pense
à deux drôles d'oiseaux qui ont toujours
quelque chose à se dire : ses parents !
C'est eux qu'il doit espionner !

Armé d'un calepin et d'un stylo, voilà que Marcel se planque derrière la grande plante de la cuisine.

Papa : « Tu te souviens de Jean-Guy ? »

Maman : « Non. »

Papa : « Mais si, tu sais, le type avec des mains poilues comme un yéti ! »

Maman : « Ah ! Oui ! Eh bien ? »

Papa : « Il s'est fait épiler les mains, on dirait des fesses de babouin ! »

La maman de Marcel éclate de rire.

Maman : « Tu veux bien éplucher les patates, s'il te plaît ?! »

Papa, taquin : « Parle à ma main ! »

Maman, faisant mine de l'implorer : « Allez ! S'il te plaît ! »

Papa, en riant : « Parle à ma main ! »

Maman, avec un sourire complice : « Allez ! Aimer, c'est ça aussi, éplucher des patates… »

Si le spectacle a beaucoup amusé Marcel, il ne l'a pas du tout aidé à trouver le moyen de parler à Éléa.

Le soir même dans sa chambre, Marcel réfléchit ; il tourne en rond tel un hamster dans sa roue. Il faut qu'il ose. Oui ! Il doit faire quelque chose !

Marcel décide que s'il ne peut pas dire son amour à Éléa, alors il doit tout faire pour le lui prouver !

Le lendemain, à la balle aux prisonniers, Marcel et Éléa font partie de la même équipe. Lorsqu'un adversaire tire en direction d'Éléa, Marcel comprend que le moment est venu. Il se jette alors sur elle, et prend la balle… en pleine poire ! « À tout malheur bonheur est bon », songe Marcel. Et ce dès que leur professeur désigne Éléa afin de le conduire chez l'infirmière !

L'infirmière s'appelle Mme. Duchoublet. C'est une charmante vieille dame à qui ses cheveux gris et ses oreilles hautes font un peu une tête d'âne.

Tandis qu'Éléa l'attend dans la pièce d'à côté, Marcel reste debout un instant au milieu de l'infirmerie.

Marcel : « Je peux m'asseoir, madame ? »

Mme. Duchoublet : « Comment ça, tu veux déjà me dire au revoir ! »

Il faut dire que Mme. Duchoublet soigne mieux les enfants qu'elle ne les entend.

Mme. Duchoublet : « Si tu veux bien t'asseoir, je vais regarder ton nez. »

L'infirmière s'applique à le soigner et lui glisse deux gros cotons à l'intérieur des narines.

Mme. Duchoublet fait un large sourire à Marcel puis l'invite à rejoindre Éléa et à attendre dix minutes avant de rejoindre la classe.

E
F P
T O Z
L P E D
P E C F O
E D F C Z P
F E L O P Z D
D E F P O T E C

Les deux enfants regardent quelques instants leurs pieds se balancer sous leur chaise. Puis Marcel lève la tête et louche sur le rideau où se promène une mouche. Éléa lève les yeux sur lui.

Éléa : « Ça va mieux ? »

Marcel : « Tu savais que les rideaux, c'est comme le caca dans les yeux, ça se nettoie ? »

Éléa éclate de rire. Tant et si bien qu'elle manque de s'étouffer.

Éléa : « Tape-moi dans le dos ! Kof-kof ! Je vais… Kof-kof ! M'étouffer ! Kof-kof ! »

Marcel s'exécute. Et se met à chanter.

Marcel : « Et tu tapes, tapes, tapes, c'est ta façon d'aimer ! »

Éléa continue de rire mais reprend sa respiration progressivement.

Éléa : « Ton nez… Avec les cotons… Ça fait comme une patate ! »

Marcel : « C'est ça ! Parle à ma main ! »

Sur la paume de sa main tendue vers elle, Éléa lit un prénom écrit au stylo : le sien ! Alors elle tend à son tour sa main vers lui. Et sur sa paume, Marcel peut lire… Son prénom ! Ils sourient tous les deux, main dans la main, sans savoir qui a pris celle de l'autre en premier.

ÉCOLE
ÉLÉMENTAIRE

Lorsqu'ils quittent l'école ce soir-là, Marcel
et Éléa se tiennent toujours par la main ;
et tous leurs copains leur crient alors :

« Salut les amoureux ! »